CB129300

Ieda de Oliveira

As cores da escravidão

Ilustrações de
Rogério Borges

1ª edição
FTD
São Paulo – 2022

FTD

Copyright © Ieda de Oliveira, 2013
Todos os direitos reservados à
EDITORA FTD S.A.
Matriz: Rua Rui Barbosa, 156 – Bela Vista – São Paulo – SP
CEP 01326-010 – Tel. (0-XX-11) 3598-6000
Caixa Postal 65149 – CEP da Caixa Postal 01390-970
Internet: www.ftd.com.br
E-mail: projetos@ftd.com.br

Diretora editorial	Silmara Sapiense Vespasiano
Editora	Ceciliany Alves
Editora adjunta	Cecilia Bassarani
Editora assistente	Agueda C. Guijarro del Pozo
Assistentes de produção	Ana Paula Iazzetto
	Lilia Pires
Assistentes editoriais	Ândria Cristina de Oliveira
	Tássia Regiane Silvestre de Oliveira
Preparadora	Elvira Rocha
Revisora	Bruna Perrella Brito
Coordenador de produção editorial	Caio Leandro Rios
Editora de arte	Andréia Crema
Capa	Sheila Moraes Ribeiro
Projeto gráfico	César Landucci
Diagramação	Luis Vassallo
Gerente executivo do parque gráfico	Reginaldo Soares Damasceno

Ieda de Oliveira é escritora, compositora e pesquisadora. Sua obra literária e musical é voltada para o público infantil e juvenil. É doutora em Estudos Comparados de Literaturas em Língua Portuguesa, mestre em Literatura Brasileira e especialista em Literatura Infantil e Juvenil.

Dados Internacionais de Catalogação na Publicação (CIP)
(Câmara Brasileira do Livro, SP, Brasil)

Oliveira, Ieda de
As cores da escravidão / Ieda de Oliveira ; ilustrações de Rogério Borges. – 1. ed. – São Paulo : FTD, 2013.

ISBN 978-85-322-8422-8

1. Literatura infantojuvenil I. Borges, Rogério. II. Título.

13-03212 CDD-028.5

Índices para catálogo sistemático:
1. Literatura infantojuvenil 028.5
2. Literatura juvenil 028.5

A - 778.796/22

A meu filho Diego, pelo material que
disponibilizou para pesquisa,
pelos longos papos sem hora de acabar,
pelo amor, pela partilha.

Apresentação

É preciso ter muitos talentos para escrever uma história como a que Ieda de Oliveira conta neste livro. Não é para qualquer um a capacidade de perceber, no meio do descaso e dos descuidos do mundo, um episódio que pede com tanta urgência para ser narrado – e que trata de um tema doloroso, muitas vezes varrido para baixo do tapete: escravidão no Brasil. Mas a escravidão no Brasil não foi abolida faz mais de um século? Não, as coisas não são bem como pensamos. Como gostaríamos de pensar.

Soma-se a isso a sensibilidade da narradora, a mão firme com que amarra suas páginas e a nós nelas, como se usasse de mágica, de modo que a gente já não sabe mais se está acompanhando a história ou se a história nos está acompanhando. E é o que faz *As cores da escravidão* permanecer conosco muito depois de finda a última página.

Seguindo a vida de um pequeno herói que sonha, inocente, com o Gato de Botas, e encontra em vez dele um tal Gato Barbosa – um gato que chega na cidade "pra ajudar todo mundo a ficar rico" e leva embora sonhos, leva embora infâncias (literalmente), Ieda não escreveu um livro qualquer. Tenho certeza de que mesmo entre sua vasta e premiada obra, *As cores da escravidão* vai sempre ocupar um lugar especial. Trata-se de uma pequena grande aventura, costurada em angústia, esperança e alegria.

Olhar o mundo nos olhos é a verdadeira postura dos heróis. Aqui, o que se pede de nós é que, ombro a ombro com o herói do livro, sustentemos a vista firme diante da feia visão daquilo que nós, seres humanos, cometemos contra nosso semelhante, e com isso compartilhemos, do fundo da alma, a urgência de dizer: não mais! Daremos conta do recado?

ADRIANA LISBOA
Adriana Lisboa é autora dos romances *Azul-corvo* e *Sinfonia em branco*, além de obras para crianças e jovens. Recebeu, entre outros prêmios, o José Saramago, o Moinho Santista e o de Autor Revelação da FNLIJ. Seus livros foram traduzidos em treze países.

"Eu, Sebastião Luiz Paulo, sou brasileiro, com 17 anos, sem documento, residente em Colinas, Tocantins, no poder da minha bisavó, que mora na rua 18 de Setembro s/n., em Colinas - TO. Sou filho de pai falecido, Sr. Valdir, e Dª. Zenaide, que convive com Raimundo Soares e trabalha na fazenda Volkswagen, entre Redenção e Santana do Araguaia.

[...]

Ele estava oferecendo uma boa remuneração por alqueires de serviço em uma fazenda do Sul do Pará, no município de Xinguara, e eu e mais 22 peões, incluindo dois menores, entramos em uma carreta de transportar gado e fomos até a fazenda Lagoa das Antas, no município de Xinguara, do fazendeiro Luiz Pires. Quando chegamos lá, encontramos o Gato Fagoió, que é o contabilista do Gato João Moaramas, que nos levou à fazenda Flor da Mata do fazendeiro Luiz Pires, a 300 km da fazenda em que estávamos. Fomos transportados de avião.

[...]

Depois de ter feito um alqueire e meio de juquirão e 20 km de aceiros, eu vi uma cena perigosa de um companheiro menor com idade mais ou menos 10 anos, que andava mais eu: em uma sexta-feira ele tomou uma bota emprestada para ir ao trabalho, pois não queria comprar uma por preço de 20,00 reais, tinha medo de ficar devendo e não poder mais ir embora, depois disseram que ele tinha roubado a bota, então o Gato Fagoió levou ele para o mesmo barracão abandonado que ficamos quando chegamos na fazenda Flor da Mata, e bateram nele de facão, depois pegaram uma arma de calibre 38, apontaram para ele e mandaram ele correr sem olhar para trás, e ele correu, entrou na mata e eu não vi mais.

[...]

Por ser verdade, assino a presente declaração (impressão digital)

Tucumã, 15.8.97..."[*]

---

* COMISSÃO Pastoral da Terra (CPT). *Trabalho escravo no Brasil contemporâneo*. São Paulo: Loyola, 1999. p. 26-9.

1

Mato, mato, mato, eco de verde e medo. Os galhos cortando o rosto seco. Apenas sangue. Seus pés descalços de menino correm desamparados rumo ao escuro de uma floresta desconhecida. Onde está a esperança que estava aqui? O Gato comeu.

Em algum tempo tinha ouvido histórias da boca murcha da vó Tonha. Era incrível, mas nem a fome conseguia silenciar seu jeito de olhar as coisas. Via verde na terra seca, comida em prato vazio, flores em galhos secos. O povo dizia que era caduca, mas todo mundo adorava ficar perto ouvindo suas histórias de tudo. E foi por causa de uma dessas histórias que quis seguir naquele comboio pra fazenda onde seria muito feliz.

Sentada na pedra, a vó Tonha contava e recontava minha história preferida. Era uma vez um peão que tinha três filhos. Tudo que ele tinha na vida era um pedaço de roçado, um burro e um gato. Quando ele viu que a hora da morte tinha chegado, chamou os três filhos e deu para o mais velho o roçado, pro do meio o burro e pro mais novo deu o gato. O filho mais novo ficou muito aborrecido, porque aquele gato não prestava pra nada, mas o gato falou pra ele que, se ele comprasse um par de botas e um saco, ele ia provar que era mais útil que o roçado e o burro. Dito e feito e o esperto do gato conseguiu fazer seu dono virar marquês, ficar rico, casar com a filha do rei e ser feliz pra sempre.

Cresci escutando a história da vó Tonha, com a certeza de que eu, apesar de ser o mais velho dos irmãos, era o Marquês de Marabá e que só o gato, que eu não tinha, sabia disso. Meu pai no mundo desapareceu. Minha mãe com mais um na barriga foi demais pra ele. E ela ficou só com a gente, nós, seus seis filhos e meio.

Escola ainda não tinha. Amigo sim. O João. Adorava ele. Às vezes ele me ensinava as coisas, às vezes eu ensinava a ele. Coisas que a gente ia descobrindo sozinho, mas nada de leitura, que ele também não tinha. Fui eu que o ensinei a fazer lamparina de vaga-lume e foi ele que me ensinou a pegar mosca no ar, fui eu que o ensinei a defender bola no gol, foi ele que me ensinou a rezar.

João era o único que sabia que eu era o Marquês de Marabá. Ele e o gato que eu não tinha. Combinei que, assim que minha herança chegasse, eu levava ele pra morar nas minhas terras. A princesa, minha mulher, também ia ter uma amiga princesa, que também casaria com o João, que também seria rico e que também seria feliz pra sempre.

2

Um dia a gente estava jogando bola no campinho, quando começou a ver um mundo de gente passar com pressa. Fomos atrás. Tinha um homem falando alto e dizendo coisas muito boas. Que ele sabia onde tinha serviço bom pra todo mundo e que dava pra ganhar muito dinheiro. Olhei bem pra ele. Era grande, quase gordo, chapéu na cabeça, bigode fino e uns cabelos caídos nos ombros. Nas pernas, grandes botas. Era o Gato Barbosa. Estava ali pra ajudar todo mundo a ficar rico.

Falei pro João que a gente tinha de ir com ele naquela carreta de qualquer jeito. Ele ficou com medo e, mesmo quando lembrei a história do marquês, ele continuou com medo. Chamei ele de cagão. Então, falei que ia falar com a minha mãe e com a dele e ia pedir pra elas conversarem com o Gato Barbosa. Falei, e minha mãe ficou sabendo que tinha serviço bom pra nós na fazenda. Eu tinha certeza que voltava rico.

O pai do João tinha ido trabalhar numa fazenda longe, lá pros lados do Pará, que ninguém sabia onde. Dizia o João que ele falava que, se tivesse terra pra plantar, não ia não, mas, como não era pessoa bem estudada, precisava de ir é pro machado mesmo. A mãe, que ficou com os filhos e seus trançados de palha pra vender, só fazia esperar por ele. O dinheiro, quase nada, não dava pro muito pouco. O João era o filho do meio de cinco irmãos. Acho que por isso ela não ligou de ele ir. Menos um na conta da fome. E também o Gato Barbosa deu de presente pra ela e pra minha mãe um dinheiro pra ajudar. Daí ela só fez foi abençoar o seu João Evangelista, conformado, e arrumar um pouco de farinha e de açúcar para a viagem sem lágrimas.

Eu não tinha nada pra levar a não ser meu sapato de ponta cortada com a faca por causa do meu pé que cresceu, uma calça e minha camisa. Comida nenhuma, não deu pra arrumar, só água. Na mãe e na vó Tonha, um beijo. Estava tão feliz que, quando a carreta chegou, fui logo sorrindo pro Gato Barbosa, que eu começava a ter.

3

Era muita gente lá em cima da carreta. Apressada, ela ia cortando a estrada. O João, quieto, ia encolhido. Podia jurar que estava rezando, mas não perguntei. Depois fui ver é que ele estava ficando é enjoado e acabou foi vomitando em cima de mim. Acho que foi o cheiro de bosta de gado que tinha lá em cima e mais aquele sacudimento sem fim. Pensei que seria bom dar um pouco de água pra ele e conversar bastante. Como o barulho do motor era forte, eu tinha mesmo é que gritar. Aí gritei algumas histórias que eu tinha aprendido com a vó Tonha. Outras, eu inventei. Deu certo. O João ficou com a cara menos branca e os olhos verdes normais.

Achava engraçado isso nele. Parecia uma onça-pintada. O cabelo meio vermelho, um monte de pintas cor de barro pela cara e olhos que mudavam de cor. Com medo, cinza. Com fome, amarelos. Com histórias, verdes. E, com raiva, nunca vi.

Eu era bem maior e acho que mais velho, mas, de algum jeito, achava o João melhor que eu. E eu falo é de coisa simples mesmo. Quer ver como era? Se eu não tivesse com vontade de jogar bola, não jogava. Mas ele não. Era capaz de jogar sem vontade só para não dizer não. E isso era com todo mundo.

A viagem era de um demorado sem fim. Quando a primeira fome chegou, o João me deu um pouco de seu açúcar e farinha, que durou pouco pra nós. Depois de mais tempo demais, chegamos a uma fazenda muito grande, de um nome que não lembro direito. Aí aconteceu uma surpresa tão boa, que fiquei ainda mais feliz. Fomos recebidos por outro gato de nome Faísca, que nos levou pra mais perto do sonho, e de avião.

Senti um medo muito alegre. Sempre tinha sonhado em viajar de avião, mas sabia que era coisa de muito rico e é claro que aquilo já era o sinal do que esperava por nós. Os olhos do João cinzamarelaram. Eu vi, mas fingi que não. Ele falou baixo pra mim: "Tonho, tô com medo, não quero andar nisso não". Falei pra ele que tinha de se acostumar a ser rico, que rico anda de avião. E, além do mais, ele ia ver tudo lá do céu, que nem passarinho. Que devia de ser lindo de tudo. Falei que era que nem o tapete voador da história. Aí ele disse que tapete voador não caía e eu procurei acalmar o João de dentro do meu medo. Ele olhou pra mim suplicante: "Tonho, acho que não quero ser rico não".

Levei um bom tempo falando ao João das maravilhas de voar. O tempo de me convencer. Não adiantou nada, e ele só de cinza me olhou, quando entramos no avião. Palavra nenhuma trocamos. O meu medo era tanto, que a garganta ficou seca e muda. Era assim, sempre que estava em agonia. Não olhei pela janela, nem me mexi. O avião saiu do chão.

Vi que o João rezava baixinho “Pai nosso, que estais no Céu...” e eu pensava bem quieto: “Nós também... nós também”. Era tudo que eu sabia.

Não conseguia pensar em outra coisa que não fosse na vó Tonha. Nela, em seu Santo Antônio de cabeceira e na visão. Foi numa noite de tempestade. Minha mãe, na agonia de parir. Minha vó, entre as pernas dela, com as mãos estendidas, esperando o neto que não vinha. Minha mãe gritava, suava, respirava e sangrava. Neto nenhum. “O menino tá virado, fica calma, minha filha. Isso não é nada. É um pau por um oiro.”

O menino, nada. Minha vó viu a filha perdendo as forças e a vida. Neto nenhum. Foi aí que veio o clarão e o silêncio.

Parou a chuva, parou o vento, parou tudo. Na beira da cama, Santo Antônio sorria para minha mãe, que não o via. Mas vó Tonha conta que viu e que até falou com ele e prometeu que aquele neto virado se chamaria Antônio. Foi assim que fiquei sendo.

Nunca me vali do santo meu xará. Nunca houve precisão. Mas avião é coisa de céu e aí é diferente.

E a minha cabeça só fazia repetir "Antonho, Antonho, Antonho... santinho da minha vó, não deixa a gente cair".

Fiquei assim num tempo de perder no esquecimento. Tempo de coragem de olhar pela janela e ver tudo pequeno e verde embaixo de nós. Falei pro João olhar também e ficamos então passarinhando juntos, sem medo, o resto da viagem.

Achei aí que foi rápido de tudo. Até passarinhava mais, mas o avião chegou no chão e nos mandaram descer, que o destino tinha chegado.

4

Do lado de fora, esperando por todo mundo, um gato de nome Tanguá. Junto com ele, outros homens. Ele tinha a cara fina e um olho tapado. Achei que parecia mais pirata do que gato. Falava grosso e deseducado. Diferente do Gato Barbosa. Ele não ria. Foi logo dizendo que a gente ia trabalhar na derrubada da mata e que o gasto da viagem já estava anotado no caderno. Não entendi. O Gato Barbosa não falou nada disso. Só podia ser invenção desse Tanguá pirata. Não gostei dele e João também não.

Ele disse que tudo que a gente precisava tinha na venda do coronel Justino, dono da fazenda. Eu estava com uma fome danada e fiquei feliz de saber que ia comer e era muito. Depois foi explicando que tudo que se comprasse ficava anotado pra pagar depois. As ferramentas de trabalho também. Tudo. E foi caminhando pela fazenda adentro pro lugar onde ficaríamos.

Parecia fila de igreja aquele carreirão de gente atrás dele e de uns homens armados que estavam com ele. Eu caminhava, olhava a mata pequena em volta e pensava que nunca podia imaginar uma fazenda com avião dentro. Muita riqueza mesmo. O João ia quieto de cabeça baixa a meu lado. Não sei o que pensava, não dava para ver seus olhos.

Caminhamos muito por dentro de uma mata baixa. Chão, mato, céu e um cheiro bom de terra molhada, de barro bom de apertar nas mãos, mas danado pra fazer escorregar. Ela entrava pelos meus dedos dos pés, me fazendo cair várias vezes. Lembrei da ocasião em que resolvi brincar de escorregar na lama e acabei com um caco de vidro atravessando todo o pé por causa do peso do meu corpo.

Ainda hoje sinto uma emoção confusa, quando lembro do meu sangue misturado com a lama e meu pai correndo comigo no colo pra pedir ajuda. De um lado, a dor e, do outro, o conforto do abraço e da batida forte de seu coração, que eu ouvia.

Meu pai. Gostava tanto dele, que entendi seu olhar sem despedida. Falava pouco, muito pouco. Era mais de olhar pra que a gente adivinhasse o que sentia. Não era de acarinhar filho de abraço, nem de descarinhar. Ficava ao lado. Acho que talvez por isso sinta sua presença até hoje.

5

Depois de um tempo, que não foi pequeno, chegamos ao acampamento. Era um descampado com um monte de barracas cobertas com um plástico preto, de qualquer jeito. Achei esquisito, mas não falei nada. O gato pirata foi falando, com aquele jeito gritado dele, que todo mundo fosse se acomodar, que o lugar era ali. Pra mim e pro João falou outra coisa. Mandou que a gente seguisse com ele. Falei baixinho pro João:

– Tá vendo? Não falei? Com a gente é diferente. Mesmo tendo esse jeito de pirata, esse Tanguá está a mando do gato que vou ter e deve estar sabendo que eu sou o

Marquês de Marabá. Vai nos levar pra um lugar com cama boa e muita comida. A gente vai ficar rico, muito rico.

– Sei não, Tonho. Não tô gostando nada de nada.

Falei que parasse de implicar, e ele ficou quieto.

Andamos mais um tempo na companhia do Gato Tanguá, até que ele parou perto de um curral e disse pra nós: "Vocês dois ficam aqui". Perguntei se era pra gente ficar esperando e ele falou:

– Esperando o quê? Vocês se ajeitem aí com os gados. É aqui que vocês vão dormir enquanto estiverem na fazenda. Peão de menor fica aqui no curral.

Não tive vontade de olhar pro João, mas tive a certeza que o Gato Tanguá era o Capitão Gancho.

– Vocês agora me sigam, que vou mostrar onde fica a venda.

Obedecemos e fomos com a nossa fome atrás dele.

A tal venda ficava bem perto do acampamento dos homens. Tinha muita coisa: chinelos, botas, pilhas, cigarros, remédios, coisas de comer, panelas e algumas coisas que não sei o nome. Eu peguei umas linguiças e um pão pra mim e João pediu farinha e açúcar. Um outro gato, de nome Ladino, sem rir, foi perguntando o que a gente queria mais e anotou na caderneta.

Tinha muita gente em volta de nós. Era tudo homem feito. Um deles perguntou se as coisas que eu e o João pedimos tinha precisão de anotar. O Gato Ladino olhou pra ele com muita raiva e perguntou por que ele queria saber. Aí ele disse que era porque a gente era de menor. O gato falou que, se ele preferisse, podia botar na conta dele e, se não, que se metesse com sua vida.

Eu olhei pro homem já com olho de gostar. Ele falou pra mim e pro João, entre os dentes e baixo:

– Esse sujeito não presta. Nada aqui presta. Pior é que muito companheiro acha normal ser tratado assim.

E perguntou se a gente veio sozinho. Falei que sim, contando nossa história até ali. Ele ouviu de cabeça baixa, disse que se chamava Zé Antunes e que era trecheiro.

Diferente da gente, ele já tinha deixado há muito tempo sua terra e vivia sem lugar certo pra morar. "Vida de peão de trecho é assim mesmo", disse. Veio pra essa fazenda em busca de trabalho e pra juntar dinheiro. Já tava ali há um tempo tão grande, que nem sabia mais. Dinheiro ainda nenhum, só conta. Disse que, se a gente precisasse dele, era só falar e que tomasse cuidado na mata. Agradecemos e falei que, se precisasse da gente também, era só pedir. Ele sorriu com os olhos do meu pai e foi caminhando pro lado do acampamento.

6

João e eu fomos buscar um lugar pra sentar e comer. Dividimos a comida. Dei um pouco da minha pra ele e ele, da dele pra mim. Ficamos ali um tempo, até que chegou o Capitão Gancho e mandou a gente ir lá na venda buscar as ferramentas, porque no outro dia a gente ia cedo pra mata fazer derrubada. Obedecemos e seguimos na companhia dele. Assim que chegamos, foi logo pegando a caderneta e anotando as coisas que disse que a gente precisava. Não adiantava nem eu querer ver o que ele escrevia, não sabia ler mesmo.

Falei que a gente tava cansado e ele disse que o dia na fazenda começava cedo e que ali não era lugar pra moleza. Mandou que a gente se ajeitasse no curral, que de manhã cedo ia pra mata. Falou e foi andando em direção a uns homens que estavam perto do acampamento.

Olhei pro João e vi que estava triste. Seus olhos, de uma cor que nunca tinha visto. Nem cinza, nem amarelo, nem verde. Amarronzados. Ele não falou nada e seguiu comigo pra perto dos animais. Nas nossas mãos, os machados.

O curral não ficava longe dali. Fácil de achar. Era só seguir a trilha da bosta barrenta dos animais. Caminhamos calados. Vez por outra, o João trocava o machado de mão. Dava pra ver que estava cansado, e muito, mas não reclamava.

Quando chegamos ao curral, fiquei parado, pensando onde a gente ia dormir. O cheiro de mijo e bosta sufocava. Comecei a sentir um aperto por dentro e uma coisa esquisita. Acho que medo, medo de não ser o Marquês de Marabá. Não falei nada pro João e comecei a procurar no meio da imundície um canto onde a gente pudesse dormir.

Encontrei uma vassoura de bruxa, sacos de pano velho e capim seco. Vi que podia, num canto que dava pra perto de uma torneira, varrer e lavar o cimento grosso do chão. Não pedi ao João pra ajudar. Deixei ele quieto, sentado, com o machado do lado. Nunca tinha visto tanta sujeira. Minha casa era de chão batido, mas sempre limpa. A mãe vivia repetindo: "A gente pode não ter nada, mas tem de ter vergonha". Tinha aquilo na minha cabeça. Vergonha e limpeza. Peguei um balde velho, enchi de água e comecei a lavar tudo. Esfregava o chão, nervoso. O João levantou de onde estava e caminhou pr'um canto, onde uma vaca ruminava esquecida.

– Tonho, como é que será que essa vaca chama?

– Sei lá, como é que eu vou saber? Deve ser Malhada ou outro nome aí qualquer. Vaca tem tudo nome parecido.

– Será que ela dá leite?

– Deve de dar. Olha o tamanhão das tetas.

– A gente pode mamar nela.

– Tá maluco, João? Já pensou se o Capitão Gancho pega a gente mamando na vaca do coronel?

– A gente mama escondido.

– Eu não quero. Se você quiser, e a vaca deixar, mama, ué!

João chegou bem perto e começou a olhar pra ela, sem dizer nada. Aos poucos levantou a mão e passou no pelo da vaca. Ela virou um pouco a cabeça na direção dele.

– Tonho, olha! Ela gostou de mim.

– E você vai mamar nela agora?

– Não, Tonho. Ela precisa me conhecer primeiro. Nem sei o nome dela ainda. Sabe, acho que ela tem cara de Sofia.

Não tinha a menor ideia de onde o João tirou esse nome, Sofia. Falei que nunca tinha visto vaca com esse nome, mas ele cismou que era Sofia e começou a conversar com a vaca:

– Oi, Sofia! Meu nome é João e você é muito bonita.

Enquanto João conversava com a Sofia, eu forrava o chão de capim seco e cobria o capim com os sacos de pano. Depois de algum tempo, nossas camas ficaram prontas.

Escutamos o barulho de alguém que chegava. Era um homem de chapéu preto na cabeça, uma vara numa mão, um pacote na outra e cara de poucos amigos.

– O Tanguá mandou lanterna, lamparina e fósforo pra vocês de noite afugentarem os bichos. Ele já anotou na caderneta. Agora que vocês vão ficar aqui, eu vou levar a Mimosa.

O João, pra minha surpresa, falou que podia deixar que ela não atrapalhava. Ele olhou sem simpatia pro João, não disse nada e foi batendo com a vara na Sofia, conduzindo a vaca pra fora do curral.

Começava a escurecer e eu tinha esquecido isso. Detestava escuridão. Era na escuridão que tinha lobisomem, vampiro, gemidos dos mortos e fantasmas.

Não lembrei nada disso pro João. Guardei o meu medo pra impedir o dele. Acho que não adiantou muito. À medida que a noite avançava, a escuridão se tornava inteira. Lembrei calado a história do espírito da Ana Jansen. Uma mulher tão rica e tão má, contava vó Tonha. Morava lá pros lados do Maranhão. Tinha muitos escravos, que maltratava sem dó nem piedade. Hoje, é uma alma penada, que vaga desesperada numa carruagem, pelas ruas do Maranhão, implorando aos gritos, por onde passa, que rezem por ela.

Falei pro João que estava com sono e que era bom a gente deitar e fechar os olhos pra dormir. Ele não falou nada e se acomodou quieto com seu corpo pequeno e encolhido sobre a palha coberta. Eu fiz o mesmo, mas não segui meu conselho e fiquei acordado até que senti o primeiro raio de sol.

7

Manhã chegada, olhos ardendo, boca de sal, João dormindo. Levantei com o corpo doendo, marcado de mosquitos. Em pouco tempo o silêncio foi rompido pelo forte grito do Gato Tanguá, que foi chegando com um jeito deseducado, chamando a gente de vagabundo. Tive muito medo de não ser o Marquês de Marabá e este ser o gato que eu teria pra sempre. Não tive coragem de dizer pro João. Foi por mim que ele veio. Era por mim que estava sendo acordado com um chute nas costas. Por mim e pela minha história.

O Gato Tanguá disse que a gente se apressasse, pegasse as ferramentas e seguisse pra derrubada da mata.

Peguei o que sobrou do pão e dividi com o João. Comemos também açúcar e farinha, e depois saímos rápido com nossos machados na mão. O João, calado, com olhos de neblina. Olhos de uma manhã que desconhecia.

O caminho, a gente não sabia direito, mas demos sorte de avistar o Zé Antunes, que seguia na companhia de outro peão. Gritamos e ele nos esperou.

Sorriu, preocupado com nossos pés sem botas, e apresentou a gente pro companheiro que estava com ele. Era um negro de nome esquisito: Nlandu. Mas era só o nome que era assim. Ele não. Tinha um jeito bom de quem já viu muita coisa. De algum modo, senti menos medo junto deles.

Fomos aos poucos adentrando por uma mata alta sob a orientação do Zé Antunes.

– Vocês dois não arredem pé de perto de nós. Pisem onde a gente pisar. Aqui é danado pra ter cobra. Cascavel é traiçoeira, mesmo quando dá aviso.

Atrás de nós vinha um homem armado, que era pra vigiar a gente trabalhar. Chegamos a um lugar onde tinha muito peão e muita mata. Nunca que eu ia querer cortar aquelas árvores, não fosse não ter escolha. Era tão bonito... Falei isso pro João. Ele me olhou com olhos d'água e disse que queria ir embora. Eu só abaixei a cabeça. Resposta nenhuma.

Fui batendo com o machado, tentando imitar o jeito do Zé Antunes. O João fez igual. Ficamos um tempão ali, sem conversar, abatendo a árvore. Não sabia explicar a coisa esquisita que sentia por dentro. Parecia dor, mas não era. Só muito mais tarde foi que aprendi que aquilo se chamava angústia. Ficamos ali um tempo de perder a conta, até que chegou a hora de comer. A gente não tinha levado nada, não sabia da precisão. Foi aí que ficamos sabendo que cada um tinha de fazer sua comida.

O Nlandu e o Zé Antunes dividiram o que tinham levado comigo e com o João. Todos comemos pouco. Falei que eu não sabia nada de cozinhar e João também não, mas eles disseram que dariam um jeito de ensinar pra gente e ali mesmo começaram a explicação:

– O melhor é fazer feijão com farinha, é mais simples. Cozinha o feijão na água com sal, depois que tiver cozido, joga farinha dentro. Não presta, mas mata a fome – disse o Nlandu.

– Também, aqui nada presta – completou Zé Antunes. – Vão precisar de uma panela e mais outras coisas. A conta de vocês vai aumentar para o sem-fim. A gente é escravo, pior do que aconteceu com minha gente.

O Nlandu parou de falar, porque chegou perto de nós um sujeito armado, dando ordens de voltar pro trabalho. Eu queria muito saber mais dessa história que o Nlandu quase contou e pedi se contava pra nós. Ele disse sim e combinamos que depois da lida a gente voltava a conversar. Aquela palavra "escravo" tinha ficado na minha cabeça como um machado batendo sem cessar, abrindo o corte da derrubada.

Escravo, escravo, escravo, escravo... Marquês de Marabá...

Tentei não ficar pensando. Eu precisava ser o Marquês de Marabá. Era tudo que eu tinha.

8

Passamos o resto da tarde na derrubada. O João teve sede e pediu água pro sujeito armado, que disse que não era pai dele. Foi o Zé Antunes que deu. Perguntei ao João se ele estava muito cansado. Ele disse "tô, ué!", de cabeça baixa. Falei que já estava quase na hora de a gente ir descansar. Ele apenas me perguntou:

– Onde será que tá a Sofia? Será que tá lá no curral?

Respondi que talvez e ele não falou nada.

Ficamos ainda mais um tempo, até que chegou

a hora de parar. Fomos com o Nlandu e o Zé Antunes até certa altura e depois seguimos pra comprar o que a gente precisava. Falei pro João que eu ia fazer uma comida boa pra nós, mas ele não disse nada.

Depois de pegar o que a gente precisava, seguimos pro curral. Estava menos sujo que no dia da chegada. Não vimos a Sofia. Nosso canto de dormir continuava do mesmo jeito. Colocamos as coisas no chão e fui fazer um fogão do jeito que o Zé Antunes ensinou. Foi fácil. O problema é que a água que a gente tinha no curral não era boa de beber, mas aí pensei que fervendo matava a sujeira. Tinha visto minha mãe um dia falar isso. E aí juntei a água com o feijão e o sal, coloquei a panela no fogo e ficamos esperando que cozinhasse pra colocar a farinha.

Ficamos sentados no chão, esperando, até que ouvimos um mugido que parecia perto. João pulou de pé, dizendo que era a Sofia.

– Vamos lá, Tonho, a Sofia deve de tá perto.

Levantei sem muito pensar e segui o João, que parecia saber perfeitamente onde ia.

– Alá! É ela!!

– Será mesmo, João?

– Claro! Olha a orelha. Ela tem uma orelha menor que a outra.

Fiquei surpreso com a informação dele. Eu não tinha reparado nisso, mas ele tinha tanta certeza, que só podia estar certo. E, com um sorriso que voltava, foi até ela e começou a alisar seu pelo. De alguma maneira que não sei direito, ela parecia reconhecer o João, que começou a tagarelar:

– Você estava onde, Sofia? Senti sua falta.

Aí ele chegou perto da orelha menor da Sofia e falou alguma coisa que não ouvi. Só sei que, pouco depois, ele se deitou debaixo dela e começou a mamar, todo feliz, nas suas tetas.

Não falei nada, mas fiquei preocupado. Se o Gato Tanguá ou algum homem do coronel visse, nem sei o que fariam, mas boa coisa não ia ser. Fiquei olhando pra ver se vinha alguém, enquanto passava o tempo e a vontade do João. Depois, falei que a gente tinha de sair logo dali. João, então, com a cara vermelha, levantou e seguimos de volta pra ver o feijão, que eu desconfiava que estava cheirando.

Estava certo. Nossa comida ficou toda queimada. Da panela saía fumaça pra todo lado. Falei que o jeito era comer farinha e açúcar. Ele não reclamou e era o que íamos fazer, quando apareceu o Zé Antunes com o Gato Tanguá, que foi logo falando do jeito gritado de sempre:

– Vocês dois vão pegando as porcarias de vocês, que este aqui – apontando para o Zé Antunes – disse que arrumou um lugar pros dois lá no acampamento. Já estou avisando que não quero saber de encrenca.

Senti uma alegria tão grande, que só disse um "sim, senhor", começando rápido a arrumar as coisas. O João e o Zé Antunes vieram em meu auxílio. O Gato Tanguá ficou parado, olhando, e depois nos seguiu até o acampamento. Assim que chegamos, achei aquele teto de plástico preto, aquelas redes penduradas e aquele monte de gente um paraíso sem estrelas. Podia não ser para um marquês, mas pra mim era o céu.

9

O Nlandu estava fazendo comida e nos recebeu com um sorriso:

– Se ajeitem aí, que fiz comida que dá pra vocês.

Agradeci do fundo da barriga. O Zé Antunes nos ajudou a pendurar a rede que tinha apanhado na venda pra nós e em pouco tempo estava tudo pronto. Eu e João agradecemos muito a ele e ao Nlandu. Os homens do acampamento estavam lá na conversa deles e não falaram com a gente. O Nlandu me perguntou pelo feijão e riu quando mostrei a panela queimada. "Não se preocupe, que pelo jeito vocês vão ter o resto da vida aqui pra aprender."

As palavras dele tinham uma força esquisita.

– Não quero passar o resto da vida aqui, só vim pra enricar – respondi de cabeça baixa.

Ele olhou pra mim rindo, desencantado:

– Enricar? Aqui?

Não respondi, mas entendi, no sorriso dele, o real, o sonho e as descombinações. Eu não era o Marquês de Marabá, não ficaria rico e gato nenhum teria. Era tudo uma vez...

Só consegui ficar quieto, nada em mim se mexia. Um amargo na boca e a escuridão. Silêncio, zunido de ouvido. Abri os olhos e vi o Zé Antunes, o João e um monte de peão à minha volta, me abanando. Não sei como fui parar deitado no chão, mas minha cabeça doía. O Nlandu veio com um prato de comida pra me dar. Me puseram sentado.

– Isso é fraqueza da fome, come que passa – falou pra mim.

Comi tudo em silêncio. Minha boca amargando sem parar. O Zé Antunes me ajudou a ir até a rede. Acho que pensou que eu fosse cair de novo. Deitei, fiquei de olhos fechados e fui parando aos poucos de ouvir.

Acordei no outro dia com o João em pé, do meu lado, com uma caneca de café na mão.

– Cê tá passando bem, Tonho? Cê aguenta levantar?

Sorri que sim sentado na rede. Bebi o café e ganhei um pedaço de rapadura do Nlandu.

– Tá com a cara melhor – disse ele.

Sorri agradecido e espreguiçado. Eu tinha dormido bem. O corpo não doía. O Zé Antunes falou que tava na hora de a gente ir. Tive preguiça. Queria ficar na rede, mas peguei meu machado e segui com o grupo. Junto da gente, os homens armados do coronel.

O caminho, o mesmo. O trabalho, o mesmo. O cansaço, o mesmo. A tristeza, a mesma. Vó Tonha, minha vó Tonha... se me visse ali com certeza ia ter uma história pra contar. Mas não estava. Minha história, agora, teria que descobrir sozinho.

10

Eu não sabia como inaugurar uma história. Não sabia existir sem uma história que me precedesse, ainda que eu não coubesse nela. Tudo de que eu entendia era de silêncio. O Nlandu foi aos poucos me ajudando a olhar os sinais cuidadosamente como quem escuta um medo. Aprender a olhar a história que não é da gente como se da gente fosse, e sentir, sem passe de mágica, dores insuspeitadas. Augúrios.

Não sabia que Nlandu era um rei, mas ele me disse ser. O que bastou para que fosse. Mesmo.

Um rei cuja coroa não era de ouro, mas ungida por mãos especiais, num tecido intrincado de cumplicidade. Soba. S... O... B... A... Foi uma das primeiras palavras que aprendi a soletrar. O sentido ainda vazio. Aos poucos ia tentando compreender toda a realeza.

Nunca tinha sentido o prazer de tocar num objeto que contasse histórias com páginas. Do cantão de meu mundo, histórias só as que a cabeça foi capaz de guardar, se é que existiram, e que, se o dono da cabeça não estiver junto, viram páginas de lembranças revisitáveis e órfãs. No livro podia sentir a ilusão permanente do pai e tecer palavras em sonhos.

Era após o trabalho que o Nlandu me ensinava a ler. O caixote com tampa era mesa e, ao mesmo tempo, o tesouro que seria aos poucos dividido comigo. Lá dentro muitos livros, encardidos, suados e misteriosos como a construção do meu olhar. Tudo que ia aprendendo dividia com o João. Era a forma que encontrava de me desculpar.

Parei de dormir inteiro. Estado permanente de vigília, de aguardar nascimento ou morte. Definitivamente não sabia o que é ser Tonho. Santo Antônio... estar em dois lugares ao mesmo tempo, dentro-fora, longe-perto, silêncio... silêncio.

O despertar já não incomoda mais. Que nem pé descalço, sempre pela terra e pedra. Cria resistência. Na memória, a palavra da vó Tonha: a gente se acostuma com tudo, mas sem história é arriscado de morrer.

Ouvi umas no acampamento que não compreendia direito e não sabia se seriam do tipo que a vó Tonha contava ou do tipo que o Nlandu contava. Falaram que ali a gente tinha preço. A gente e as partes da gente. Que um braço valia vinte reais, a mão sozinha cinco, e corpo doente, de não prestar pra nada, valia a liberdade. Era jogado pelos gatos na estrada.

O João também ouviu e aquietou-se. Há muito tinha deixado de olhar seus olhos, que eram o que restava de seu sorriso sem rosto. Parei de saber o que sentia me forçando a acreditar na superfície em que deslizava. Queria muito que ele aprendesse a ler pra saber das coisas pelas páginas encardidas dos livros de Nlandu. Não de mim, nunca mais de mim.

Foi por essa ocasião que ele começou a acordar molhado de urina e lágrimas e a encolher mais e mais até caber inteiro nos meus braços. Eu responsável por aquela escuridão que saltava de seus olhos feito bicho de morte. Nlandu buscava ervas e magias, e Zé Antunes rendia nosso trabalho, enfrentando o Gato Tanguá nos seus desmandos, armado apenas de aflição. A febre não passava. A agonia durou três dias.

Enterrei o João cavando a terra com as mãos até sangrar. Não quis ajuda de ninguém. Eu inventei essa história e essa dor era minha por direito de posse. Só minha.

Da história de Nlandu também não quis mais saber. Só a história da história, essa que agarra a gente de jeito, e sequer sabemos como nos chegou sorrateira e cheia de perguntas. "Foi você que roubou as botas, não foi?" O interrogatório sem direito de defesa. "Não, moço, peguei emprestado." "Mentiroso, ladrão, vai pagar com o couro do teu corpo."

Fui arrastado para uma barraca distante e levei pancadas de facão nas costas.

"Corre, infeliz!"

Tiros, fome, mato e sangue.

Não sei quanto tempo depois fui achado na mata por uma diligência e levado para algum lugar onde me deram água, comida, abrigo e este arremedo de esperança em que me tornei.

11

Minha casa definitiva passou a ser a de seu Luís e dona Zefinha. Casal idoso, dono de uma pequena mercearia, que, sem filhos, me receberam quando pra lá fui levado pelo delegado Rubério. Passei a ter uma cama e um quartinho, banho todo dia, comida e muito carinho. Não conseguia falar. Me comunicava com a cabeça, sim e não, e o talvez ficava no olhar.

Nunca insistiram em ouvir minha voz. Nos primeiros dias fiquei quase todo o tempo deitado entre o sono e a vigília enquanto curavam as feridas de meu corpo. Aos poucos comecei a dormir um pouco mais e a ter menos medo. Dona Zefinha me trazia caldos de ficar mais forte e falava comigo sem precisão de resposta.

Contava que a galinha estava cheia de pintinhos, que o cachorro, Birosca, ficava rondando querendo ser meu amigo, que tinha uma escola muito boa ali perto e que as crianças gostavam muito de ir lá estudar, que eu ia ter um monte de amigos que... que... e eu escutava aquela voz boa e de alguma forma me aquecia por dentro.

O seu Luís tinha um jeito bom igual ao dela e me ajudava com o seu sorriso e o seu: "Oi, meu rapaz! Como está passando, hoje?" Pudesse ter voz, diria, bem obrigado por tudo. Mas só o olhava com meu olhar de talvez. Gritos, tiros, João, terra, frio... ainda não sabia que rumos tinham tomado em mim. Não conseguia ver.

Dona Zefinha um dia resolveu tocar na minha ferida de dentro, que as de fora ela já tinha sarado todas. E com jeito de mãe, foi passando as mãos pelos meus cabelos e começou a contar de seus sonhos de menina. De que queria ser bailarina e usar sapatilhas cor-de-rosa igual ela tinha visto na revista. Dançar na ponta dos pés, rodar, rodar, e todo mundo aplaudir. Nem sabia onde se comprava aqueles sapatinhos de cetim de ponta quadrada, mas não desistia de sonhar. Fechava os olhos e se imaginava tudo.

– Sabe, meu menino (ela não sabia que eu era o Tonho), a cabeça da gente voa pra onde a gente quer e deixa a gente ser tudo, tudo nesse mundo. É um direito que a gente nasce e que não pode deixar morrer. Eu danço até hoje. E não pense que só tenho sapatilhas rosa, não. Tenho de tudo que é cor. Basta eu pensar e ela muda de cor. Danço em qualquer lugar. Ontem mesmo dancei na lua, porque o céu estava lindo demais.

Pensei no Marquês de Marabá e no gato. Dona Zefinha não sabia do sonho, o risco. Fiz que não com a cabeça e acho que com tal certeza que ela disse:

– Calma, meu menino. Calma. Procure se acalmar. Vou fazer um chá de erva-cidreira bem docinho pra você. Outra hora a gente conversa de sonho.

Com carinho, dona Zefinha me sorriu e saiu do quarto.

Minha cabeça fervia. Essa coisa de sonho não podia ser, isso eu sabia.

12

No outro dia, amanheci querendo levantar da cama e olhar em volta. Cheguei à janela e a luz me cegava. Custei a acostumar. A rua era de terra e galinhas a atravessavam com pintinhos correndo atrás. Faziam zigue-zague como se dançassem. Havia um terreno baldio em frente, onde um cavalo solto comia sem pressa o capim que encontrava. Embaixo da janela uns homens conversavam. Havia um movimento de entra e sai.

Descobri que meu quarto ficava em cima da mercearia. Gostei muito do que vi. Tive vontade de sair e ver tudo mais de perto. Abri a porta com cuidado e vi a escada por onde fui descendo silencioso. No caminho encontrei com o sorriso aberto de dona Zefinha: "Que maravilha, meu menino de pé! Luís, Luís, vem rápido!".

Fiquei sem saber como sorrir pra eles que me abraçavam. Aceitei o abraço envolvendo-os com meu corpo. Palavra nenhuma. Desci com os dois, que foram me apresentando pra todos que estavam na mercearia. Eu era o "nosso menino". O Birosca foi o primeiro a oferecer sua amizade. Abanava o rabo, pulava nas minhas pernas e fingia não ver meus olhos de talvez. Os adultos sorriam e diziam coisas boas pra mim. Se eu pudesse, falaria coisas boas pra eles também, mas não conseguia.

Começaram a chegar as primeiras crianças. Umas do meu tamanho e outras menores. Depois de um curto tempo me olhando, me chamaram pra brincar. Fiquei paralisado e, sem saber o que pensar, fiz não com a cabeça e subi correndo as escadas. Precisava fugir. Birosca saiu correndo atrás de mim. Precisava brincar. Ficou me rodeando e latindo como se esperasse qual seria o próximo passo da brincadeira. Sentei na cama e joguei meu chinelo em direção à porta. Ele rapidamente foi lá e o trouxe pra mim com o rabo abanando. Foi pra ele o meu primeiro sorriso. Tornei a jogar o chinelo e ele tornou a ir buscar e me entregar.

Resolvi descer pra rua na companhia dele. Quando apareci, as pessoas trataram como coisa de criança.

– Ele é envergonhado – disse seu Luís –, com o tempo acostuma. É assim mesmo.

Dona Zefinha disse que era para eu dar umas voltas para conhecer o lugar. Que Birosca conhecia tudo e que não tinha perigo de eu me perder. Aqui é muito pequeno e todo mundo se conhece. Assim fiz. Peguei um pedaço de bambu que encontrei no chão e comecei a percorrer aquela que seria a minha cidade e a conhecer aqueles que seriam meus amigos.

No caminho escuto uma voz de menina chamando pelo Birosca. Ele se voltou, abanou o rabo e ficou parado como que esperando. Ela veio e me disse "Oi, você é o menino da dona Zefinha?" Fiz que sim com a cabeça. "Sou a Regina, mas todo mundo me chama de Rê. Você gosta de cachoeira?" Fiz que sim com a cabeça e ela foi nos levando por um atalho cheio de verde. "Toma cuidado que aqui às vezes aparece cobra, mas é pouco. Olha onde pisa." Comecei a ouvir um barulho forte de águas. "Adoro essa cachoeira. Venho aqui desde que era pequenininha. Olha, não é linda?!" Fiz que sim com a cabeça. Eu vou entrar, ela disse, com seu vestido meio comprido, igual a seus cabelos louros. "Você vem?" Fiz que não com a cabeça e ela, nem aí, pulou na água, espalhando alegria pra todo lado. Fiquei sentado em uma pedra, observando. Birosca do meu lado. Não conseguia pensar em nada que não fosse nas risadas de Rê.

– Olha, menino da dona Zefinha, vamos embora?

Tive vontade de perguntar se ela ia ficar toda molhada assim, mas ela torceu a saia do vestido, passou a mão nos cabelos e eu entendi que o sol faria o resto. Fomos andar mais e isso durou o tempo do conhecimento. A cidade já começava a me pertencer.

13

De volta a casa, fui recebido pelo sorriso de dona Zefinha indagando de minha fome. "Está na hora de almoçar, meu menino. Fiz uma macarronada com queijo ralado, você gosta?" Fiz que sim com a cabeça, mas não sabia direito como seria aquilo. Foi a primeira vez que sentei à mesa diante de um prato. Minha mãe, meus irmãos, minha vó Tonha, rostos distantes na névoa.

Comi calado, sem jeito, mas adorando aquele gosto bom. Repeti e ainda tomei um copo de refresco de laranja. Pra minha surpresa, ela ainda me deu um pedaço de pudim. Sorri agradecido.

"Que coisa boa ver meu menino assim, ganhando cor. Você quer começar a ir pra escola? Falei com a dona Lourdes, a diretora, e ela disse que não tem problema. As aulas já começaram, mas que dariam aula de reforço pra você acompanhar a turma. Se quiser pode começar amanhã, você quer?" Fiz que sim com a cabeça e ela me abraçou. "Então fica combinado. Vou lá ver o que preciso comprar de material. Quer vir comigo?" Saiu um sim, em forma de "rum rum", da minha garganta. E ambos rimos.

Comecei a sentir dentro de mim alguma coisa boa que voltava quando ela me deu a mão e seguimos juntos para a escola. No caminho várias casas, muitas no tijolo sem pintura, alguns cachorros deitados na terra, alguns homens que passavam de bicicleta, um carro de boi que gemia e umas crianças correndo descalças atrás de uma bola. A todos que encontrava, dona Zefinha, sorridente, cumprimentava e dizia estou levando meu menino pra conhecer a escola. Ele começa amanhã. "Que bom" era sempre a resposta.

O muro da escola era todo desenhado. De fora dava para ouvir o falatório e a risadaria das crianças. Era hora do recreio. Entramos, atravessamos o pátio e seguimos por um corredor cheio de quadros com desenhos coloridos que dava na sala da dona Lourdes. Ela era uma senhora da cor do Nlandu e de olhar igual. Gostei dela de pronto. Falou que daria tudo certo, indicou o material que eu precisava ter e depois foi até uma outra sala e buscou uma roupa pra mim.

Era uma calça azul, uma blusa branca com um desenho de uma letra e um passarinho, meias e um par de sapatos. "A roupa é do tamanho dele, mas vamos ver os sapatos, se o número é esse." Não conseguia me mexer de tanta alegria. Sentei e dona Lourdes e dona Zefinha pacientemente pegaram meus pés e enfiaram no sapato. "Está apertado, meu menino?" Fiz que não com a cabeça. Acho que foi por causa do jeito que eu olhava para meus pés, que dona Zefinha perguntou se eu não queria ir para casa com os sapatos. Fiz que sim com a cabeça. Sorri de novo e isso passou a ser minha linguagem.

No outro dia tive minha primeira experiência de acordar sendo chamado e feliz. Foi me levantar, vestir aquele que seria meu uniforme, meus sapatos novos e meias e fazer um lanche. Depois dona Zefinha foi comigo pra escola e ainda me deu uma merenda pra eu comer quando desse fome. Não disse o que era, só soube na hora do recreio: pão com goiabada. Comi com olhos e boca.

Os colegas da minha sala eram mais ou menos do meu tamanho. Mas gostei mesmo foi de ver que a Rê era da minha turma. Ela me recebeu alegre e disse que ia sentar comigo. Foi logo falando pra professora que eu era seu amigo e ela queria ficar perto de mim. Engraçado é que ela foi se mudando com os livros sem nem ouvir a resposta que viria. Parece que a professora, que se chamava dona Sônia, já estava acostumada com o jeito dela, porque não se importou. E a Rê passou a ser minha amiga de todo dia e a primeira a me perguntar:

– Vem cá, menino da dona Zefinha, você não tem nome?

Baixei a cabeça encabulado.

– Tudo bem se seu nome for feio. Aqui na turma tem um menino que se chama Jagumundo. Um dia perguntei pra ele quem botou esse nome nele e ele disse que foi a mãe e que era uma mistura dos nomes dos avós Jacinto e Gurfael e do pai Raimundo. Vê se pode? O pessoal chama ele de Jagu.

– Meu nome é Antônio.

– Antônio, que nem o santo?

– É. Que nem. Mas meus amigos me chamam de Tonho.

– Tonho? Gostei. É bonitinho que nem você.

Senti minha cara esquentar de repente. Nunca pensei que conseguiria falar de novo e muito menos que ouviria alguém dizer que eu e meu nome fôssemos bonitinhos. Mas gostei muito de ouvir.

– Sabe, Tonho, eu tenho 10 anos e vou fazer 11 este mês. Quantos anos você tem?

Pensei rápido e respondi 12.

– Vai ter festa lá em casa, até fogueira. Gosto deste mês de junho por causa disso. Faço aniversário dia 5, e você?

Eu não sabia, mas lembrei do santo e respondi 13.

– É por isso que você se chama Antônio então, – ela concluiu. – Aposto que dona Zefinha vai fazer o maior festão.

Fiquei quieto e acho que tão sério que ela mudou de assunto.

– Você quer levar meus cadernos pra copiar a matéria?

– Não, não precisa. A professora já disse que eu vou ficar pra reforço das aulas que perdi.

– Então tá. Vamos prestar atenção que a aula vai começar.

Eu nunca tinha ficado perto assim de uma menina. Meu coração só fazia ficar pulando. Tinha até medo que ela ouvisse. Olhei de rabo de olho para os cabelos dela que tocavam na carteira enquanto escrevia no caderno. Linda, cheirando a rosa. A letra dela era redonda e, em vez de pingo no i, fazia um coração. Achei aquilo engraçado. Pensava comigo o quanto tinha a agradecer ao Nlandu. Não fosse ele, não poderia estar na turma da Rê. Mudei rápido de pensamento. Tinha medo de lembrar muito. Precisava apenas dessa nova vida.

A Rê passou a ser minha companhia constante e eu adorava isso. Tinha um jeito despachado e sempre uma opinião sobre as coisas, mas, apesar disso, nunca insistia em perguntas que eu não quisesse responder. De minha vida até ali, eu não falava. Fomos crescendo assim, com um silêncio essencial entre nós.

14

O tempo passou sem dores. Em seis anos fiz amigos como o Eraldo, o Tião, o Careca, que me ajudaram a reacreditar, e a Rê que foi se tornando o grande amor da minha vida. Acho que graças a isso fui perdendo aos poucos o medo de minha memória e comecei a olhar para o passado, sem neblina. Aos poucos contei pra Rê a minha história. Nesse percurso choramos juntos, muitas vezes. Foi aí que chegou essa vontade que me move até hoje. Justiça. Precisava fazer alguma coisa para impedir as desumanidades.

Foi da Rê a ideia de pedir à dona Lourdes para aprendermos a usar o único computador da escola que tinha acesso à internet. Com aquele jeito dela, argumentou até vencer a diretora pelo cansaço. Ela então nos encaminhou ao funcionário responsável para que nos ensinasse. Aprendemos rápido e, em pouco tempo, o mundo chegou inteiro às nossas mãos e com ele a possibilidade de resposta. Com a autorização da dona Lourdes, fazíamos nossas pesquisas após as aulas. Queria saber tudo sobre escravidão: a negra e a sem cor. Lembrava das palavras do Nlandu: "A gente é escravo, pior do que aconteceu com minha gente".

Resolvemos criar um *blog* e nele colocar todas as informações que fôssemos colhendo na internet sobre trabalho escravo. Fiquei assustado ao ver o comum da prática. Doíam as publicações. Lembravam o que havia vivido naquela fazenda.

Só experimentando uma realidade de outra natureza pude dimensionar a que vivera. Lembro do dia em que pedi ao seu Luís para deixar que eu o ajudasse na mercearia, e ele relutou muito em concordar. Pra mim era uma forma de agradecer por poder morar com eles, pra ele não. Ao término das tarefas, fazia questão de me pagar ainda que eu não fizesse questão de receber. E eu insistia, não precisa; ele insistia, é o justo, trabalho é trabalho. E me deu de presente um cofre pra eu guardar o dinheiro comigo. Pensei que seria pra depois pagar pela comida, dormida e tudo o mais. Falei isso pra ele, que apenas sorriu e disse "não, meu menino, aqui não".

Na internet descobri que há leis, eu não sabia, mas há leis para proteger as pessoas da exploração. Cumpridas não eram, mas existem, o que já era pra mim um conforto. Divulguei-as imediatamente no *blog*:

Artigo 149 do Código Penal

"Reduzir alguém a condição análoga à de escravo, quer submetendo-o a trabalhos forçados ou a jornada exaustiva, quer sujeitando-o a condições degradantes de trabalho, quer restringindo, por qualquer meio, sua locomoção em razão de dívida contraída com o empregador ou preposto:

Pena – reclusão, de dois a oito anos, e multa, além da pena correspondente à violência.

§ 1º Nas mesmas penas incorre quem:

I – cerceia o uso de qualquer meio de transporte por parte do trabalhador, com o fim de retê-lo no local de trabalho;

II – mantém vigilância ostensiva no local de trabalho ou se apodera de documentos ou objetos pessoais do trabalhador, com o fim de retê-lo no local de trabalho.

§ 2º A pena é aumentada de metade, se o crime é cometido:

I – contra criança ou adolescente;

II – por motivo de preconceito de raça, cor, etnia, religião ou origem."

Eles cometeram todos os crimes contra mim, João, Nlandu, Zé Antunes e tantos outros. Punição alguma tiveram, não que eu tenha sabido. E eu queria saber. Falei pra Rê que eu queria ajudar a achar esses gatos e os donos deles pra botar na cadeia. Ela disse que ia junto. Pra onde, a gente ainda não sabia.

O que me movia era um misto de raiva e medo. Raiva do sonho usurpado e medo de me perpetuar escravo da raiva. Difícil conciliar justiça e liberdade, desafio tênue das humanidades.

15

Numa manhã, estava quieto com memórias de neblina, quando a Rê apareceu com seu sorriso calmo e disse que tinha um presente pra mim. Pediu que eu fechasse os olhos e colocou em minhas mãos um objeto, dizendo que o segurasse na altura do rosto. Em seguida começou a cantar baixinho: "Menino que vem de longe, perdido na escuridão, foi o sonho de seus olhos que levou meu coração". Então disse "pode abrir". Em minhas mãos, um espelho me refletia em existência e amor. Quis casar com a Rê e não queria esperar.

Começamos a fazer planos. Sonhávamos de mãos dadas, sem risco. Tínhamos terminado o colégio no ano anterior. O seu Luís tinha me colocado no posto de gerente da mercearia. A Rê dava aulas pra crianças pequenas e ganhava algum dinheiro. Os pais dela tinham uma pequena casa desocupada que poderiam ceder pra morarmos. Estava meio velha, mas a gente reformava. Planejávamos e nos amávamos. Nosso primeiro beijo me envolveu inteiro com sensações insuspeitadas. Eu não sabia o que fazer com a língua nem com as partes de meu corpo que não obedeciam à razão. Acho que nem ela. Aos poucos fomos mapeando nossos corpos em áreas de desejo.

Falei para o seu Luís e dona Zefinha que queria me casar com a Rê. Eles deram um sorriso largo de concordância e sugeriram que fosse lá na casa dela fazer o pedido de casamento aos pais dela. Senti um frio por dentro, mas não falei nada. Como eu iria fazer isso?

Falei que não sabia como fazer e dona Zefinha disse que era simples. "Deixa que eu falo com a mãe da Rê, antes, e explico que meu menino quer casar com a filha dela. Aí ela deve marcar um almoço de noivado e você vai lá e pede a mão da Rê."

Fiquei quase apavorado. Pedir a mão? Como se faz isso? Não tive coragem de perguntar e achei melhor falar com minha futura noiva. Como imaginado, a Rê descomplicou tudo. Disse que ela já tinha dito que a gente queria se casar e ninguém tinha dito não.

E foi no meio do almoço que a dona Zefinha pediu "silêncio que meu menino vai falar". Eu tremia e suava, mas os olhos de acreditar da Rê me deram coragem e ali mesmo, me dissolvendo, disse aos pais dela que queria me casar pra sempre. E foi só abraço. Pensei na minha mãe, no meu pai, na minha vó Tonha e deixei as lágrimas chorarem inteiras dentro de mim. Eu não sabia que podia ser senhor do corpo, mas fui, e meio desajeitado rodopiei abraçado a Rê. Gosto forte de felicidade.

Ficou combinado que no dia 13 de junho seria nosso casamento. A Rê escolheu a data do que seria meu aniversário. Dia do santo xará, gostei da ideia. Nosso juiz de paz seria o seu José sapateiro, bom igual ao José carpinteiro do Jesus da vó Tonha. Daí pra frente só os preparativos. Dona Lúcia doceira, seu Arthur alfaiate, dona Marta costureira, e mais um mundo de boa vontade.

E foi tempo da alegria. Descobri que era possível. Passei a ir, depois do trabalho na mercearia, para nossa futura casa fazer reformas. Aos sábados e domingos era mutirão. Os homens reformavam e as mulheres faziam a comida e ajudavam no que fosse preciso. Até as crianças participavam. A cidade inteira se casava conosco. Era a minha família transformada, renascida, multiplicada.

Quando tudo ficou pronto, realizamos. A Rê, brancamente linda no seu vestido encantado. Flores e véu. A cidade em gala a nosso lado. Reconheci o sentido da palavra alegria: é quando o mundo inteiro cabe no olhar da gente. Se soubesse teria dito para o João, mas só agora descobria.

Passamos a primeira e todas as demais noites na nossa casa. Eu e minha mulher. Aos sábados reuníamos os amigos para conversar sobre tudo, mas o ponto principal era sempre o de obter informações sobre fazendas que mantivessem trabalhadores em regime de escravidão. Nossa tarefa era encaminhar as denúncias para o delegado que se encarregava de comunicar ao Ministério Público.

Numa noite recebi da Rê a notícia de que estava grávida. Um filho meu, um filho nosso. Não sei o tempo que fiquei parado sem reação diante de seu olhar aberto. Um filho. Ou filha. Alguém que se juntava a nós e nos envolvia num elo. Não sei por quanto tempo sorri. Só sei que me ajoelhei acariciando seu ventre de filho bendito. Queria ficar ao lado dele, dela, pra sempre na inteireza do olhar de meu pai.

Tempo de espera e de carinho. Ela se desajeitando pra todo lado numa barriga que crescia em direção a mim. Linda se achando feia, só de beleza se fazendo. Compramos um berço que ficou cheio de rendas e fitas em lençóis bordados por mãos de avós que vinham de todos os lados. O nascimento sob os cuidados da parteira Maria.

Meu filho. Nosso filho. Elo.

Precisava ver minha mãe, minha vó Tonha, meus irmãos. Mais gente havia chegado na nossa família. Precisava mostrar o meu filho pra sua bisavó, avó, tios que nem sabiam sequer que eu ainda existia.

Falei isso pra Rê e ela disse que ia junto, mas pra onde eu não sabia. Minha memória de menino era muito pouca pra lembrar. Comecei a recompor pedaços de infância pra tentar localizar, em algum canto escondido, um sinal que me ancorasse. Foram dias de espera e busca.

Arrisquei que eu podia ter vindo de uma cidadezinha a muitos quilômetros dali. Pelos meus pedaços de memória e pesquisa, vi que teria de pegar um avião pra fazer o caminho de volta. E depois por terra, parte do caminho.

Tínhamos nossas economias e com elas resolvemos seguir. Programamos nossa saída com a certeza da volta. Foram muitas as despedidas. Algumas choradas. Um carro nos levou até a cidade mais próxima, onde pegaríamos um pequeno avião com mais algumas pessoas.

Memórias chegando. Medo ausente. A Rê calma com nosso filho nos braços. Voz nenhuma.

O zunido do motor do avião chegava a mim como canção dispersa. Não sabia o que encontraria ou se encontraria. Foi uma viagem curta. Depois um ônibus completou o caminho.

Havia em mim um arremedo de lembrança. Um pontilhar de alguma coisa de cheiro, alguma coisa de verde, alguma coisa de telha partida, mato seco, chão de terra. Chegamos ao que seria a praça principal. Reconheci a velha igreja e as escadarias. Coração na boca. Minha casa era perto. Na rua de trás, sim na rua de trás. Gritei pro motorista parar o ônibus. Peguei nossas bagagens e eu fui sendo levado pelo umbigo de volta à minha casa. A Rê, com nosso filho nos braços, sorria.

Cheguei diante de um pequeno portão de madeira. Abri devagar e caminhei até a porta. Não sabia se batia ou chamava. Um olhar por trás de cabelos brancos chegou à janela. "Mãe sou eu, Tonho, seu pedaço perdido."

Ela não saiu do lugar. A porta foi aberta por uma moça que me olhou de um jeito de querer entender e disse entra. Fui até a janela onde estava minha mãe. Ela estendeu os braços e eu só fiz me aconchegar na dor de seus cabelos. Ficamos abraçados nos reconhecendo. Depois lhe mostrei a Rê e nosso filho, que ela abraçou inteiros. Fiquei sabendo que a moça da porta era casada com um dos meus irmãos e que toda a história ali me ia ser contada. Perguntei pela vó Tonha. Silêncio. Estava morando em outro lugar.

Fomos acomodados na casa de minha mãe. Não deu pra contar abraços e lágrimas. Fui lembrando o nome de meus irmãos. Zito, Maneco, Dezinho, Anginha, Toquinho. A caçula vim saber que chamavam de Belinha. Todos ali reunidos em torno de nós. A casa sem o chão de terra batida comportava pés calçados. Havia comida e um conforto modesto conquistado pelo trabalho de todos. As conversas de um tempo sem fim. Fomos dormir bem tarde aquecidos pelo reencontro.

No outro dia tomei o rumo da casa da vó Tonha. Comigo, a Rê e nosso filho. Conhecia o lugar. Na chegada um portão largo e um terreno plano marcado por alguns relevos de cruzes e flores.

Andamos num caminho estreito que nos levava a vó Tonha. O lugar era baixo, de um cimento tosco. Uma placa sem retrato trazia seu nome:

Antonia Cândida

★ 11.7.1927 ✝ 17.9.1998

Fui logo de joelhos dizendo "vó, sou eu, seu Tonho que voltou. Senti tanto a sua falta, tanto, tanto. Vi terras perigosas, fantasmas e monstros que me queimaram em dores de sangue, mas estou aqui, minha vó. Tive fome, tive medo, gatos feras me atacaram, me feriram, me sangraram, mas eu estou aqui, minha vó. Eu, minha princesa encantada e nosso João ressuscitado na inteireza do possível. São as flores que trago, minha vó, do que sei de oração".

Saímos dali silenciosos de volta ao nosso caminho. Regina, meu filho João e eu.

Sobre o processo de criação da obra

Em 2007, fui convidada a ir à África. O destino, Angola, que àquela altura já estava em pleno processo de reconstrução após a demorada guerra civil. A emoção de pisar naquele solo de onde saíram meus ancestrais, em situação bárbara, vítimas da escravidão, me fez doer por inteiro. E por lá fiquei um tempo, não grande, visitando lugares ícones, como o Museu da Escravatura, e conhecendo províncias. Em algum lugar em mim, dores insuspeitadas se acenderam e eu saí dali com o olhar mais afiado e caçador.

No Brasil, permaneci em alerta a tudo que representasse formas de opressão. Foi meu filho que me trouxe documentos e materiais que deflagraram uma pesquisa que seguia em duas direções: para dentro e para fora. Queria entender o que levava alguém a escravizar e explorar seu semelhante, ao mesmo tempo em que buscava marcas da dor que as opressões sofridas haviam deixado em meu espírito. Foi um processo que durou dois anos.

A partir de um dos documentos sobre trabalho escravo no Brasil, que abre o livro, foi que criei o personagem. Aquele menino de 10 anos que sumiu na floresta, fugindo dos tiros, e que desapareceu. Eu o "encontrei" e segui com ele a saga da desventura que é ter os sonhos usurpados, a infância roubada pela opressão, pelo autoritarismo, pela carência e pela mentira.

IEDA DE OLIVEIRA

QUEM É

Ieda de Oliveira

Ieda de Oliveira é escritora, compositora e pesquisadora. Nasceu no Rio de Janeiro. Sua obra literária e musical é voltada para o público infantil e juvenil. É doutora em Estudos Comparados de Literaturas em Língua Portuguesa pela Universidade de São Paulo (USP), mestre em Literatura Brasileira pela Pontifícia Universidade Católica do Rio de Janeiro (PUC-RJ) e especialista em Literatura Infantil e Juvenil pela Universidade Federal do Rio de Janeiro (UFRJ).

Por seu trabalho literário e teórico, recebeu os prêmios: Adolfo Aizen de Literatura Infantil, José Guilherme Merquior de Crítica Literária, Alice da Silva Lima de Teatro Infantil; foi finalista do prêmio Espace-Enfants, na Suíça, Mención de Honor no concurso Los Ninõs del Mercosur, em Córdoba, e por vários títulos recebeu a láurea Altamente Recomendável da Fundação Nacional do Livro Infantil e Juvenil (FNLIJ). Seu portfólio está disponível *on-line* no *Youtube* <http://youtu.be/TzBB1UkIjYw> e no *blog* <www.iedadeoliveira.blogspot.com.br>.

Quem é

Rogério Borges

Rogério trabalha com ilustração desde a década de 1970, quando foi para São Paulo cursar a faculdade de Comunicação Visual. Atuou em agências de publicidade e depois em várias editoras. Recebeu alguns prêmios, como o Jabuti de ilustração, o Altamente Recomendável de Imagem, pela FNLIJ, o APCA, o Adolfo Aizen, o Prêmio Lourenço Filho, pelo conjunto de obras, e o prêmio da Unesco Prize for Children's and Young People's Literature. Além disso, teve obras selecionadas para o acervo internacional da Biblioteca de Munique, na Alemanha. Atualmente vive em Curitiba, no Paraná.

Produção gráfica

FTD EDUCAÇÃO | GRÁFICA & LOGÍSTICA

Avenida Antônio Bardella, 300 - 07220-020 GUARULHOS (SP)
Fone: (11) 3545-8600 e Fax: (11) 2412-5375